Petit Poucet

Collection dirigée par
Stéphanie Durand

EMILIE OUELLETTE

LIDIA-NTOMBO LULENDO

Morane adoooore parler !

À la petite Morane que j'ai croisée au Salon du livre de Trois-Rivières. Cette histoire est pour toi.

E. O.

À mon amie Andjie, avec qui je ris, chante et dessine depuis 18 ans.

L.-N. L.

Québec Amérique

Projet dirigé par Stéphanie Durand, éditrice

Conception graphique et mise en pages : Nathalie Caron
Révision linguistique : Sandrine Ducharme
Illustrations : Lidia-Ntombo Lulendo

Québec Amérique
7240, rue Saint-Hubert
Montréal (Québec) Canada H2R 2N1
Téléphone : 514 499-3000

Nous reconnaissons l'aide financière du gouvernement du Canada.

Nous remercions le Conseil des arts du Canada de son soutien.
We acknowledge the support of the Canada Council for the Arts.

Nous tenons également à remercier la SODEC pour son appui finan-
cier. Gouvernement du Québec – Programme de crédit d'impôt pour
l'édition de livres – Gestion SODEC.

**Catalogage avant publication de Bibliothèque et Archives nationales
du Québec et Bibliothèque et Archives Canada**

Titre : Morane adoooore parler ! / Emilie Ouellette ;
illustrations, Lidia-Ntombo Lulendo.
Autres titres : Morane adore parler !
Noms : Ouellette, Emilie, auteur. | Lulendo, Lidia-Ntombo, illustrateur.
Collections : Petit Poucet.
Description : Mention de collection : Petit Poucet
Identifiants : Canadiana (livre imprimé) 20220026785 |
Canadiana (livre numérique) 20220026793 | ISBN 9782764449608 |
ISBN 9782764449615 (PDF)
Classification : LCC PS8629.U332 M67 2023 | CDD jC843/.6—dc23

Dépôt légal, Bibliothèque et Archives nationales du Québec, 2023
Dépôt légal, Bibliothèque et Archives du Canada, 2023

Imprimé au Canada

À toi qui as toujours quelque chose à dire,
parle haut et fort !

E. O.

Chapitre 1

— On dirait une paire de
fesses !

Je regarde les nuages et
j'invente des histoires en les
observant.

— Mais si on penche la tête, on dirait un coquillage. Je préfère les fesses parce que le nuage à côté a l'air d'un chien. C'est plus **drôle** un chien qui court après des fesses qu'après un coquillage.

— Morane, me dit madame la brigadière. On est en plein milieu de la rue. Les voitures attendent que tu traverses pour continuer. C'est pas le moment de parler.

— Oups.

Je continue mon chemin, mais je ne suis pas d'accord avec elle. Les nuages étaient exactement au bon endroit au bon moment. C'était **LE** moment pour raconter cette histoire. Maintenant, le chien est tout déformé. Il a l'air d'une crème glacée qui a fondu.

Tant pis, l'histoire des **fesses** poursuivies par un chien restera dans ma tête.

Je m'appelle Morane, j'ai **9 ans**, deux papas et un hamster dans ma tête. Enfin, pas un vrai, mais Papou dit qu'il y en a un qui court sans arrêt entre mes deux oreilles parce que j'ai des idées qui fourmillent tout le temps là-dedans. Et la phrase que j'entends le plus dans une journée c'est :

« Morane ! C'est pas le moment ! »

Je parle trop et trop souvent, mais c'est parce que si je gardais les mots dans ma tête je pense

qu'elle exploserait. À chaque chose que je vois, que je sens, que je goûte ou que je touche, il y a **mille choses** à dire. Et je dois les dire tout de suite pour ne pas les oublier.

Mais les grands disent toujours que ce n'est pas le moment. Mes amis aussi me le disent souvent. Comme lorsque c'est la récréation :

— La boule de feu tourne sur elle-même jusqu'à ce que la vitesse soit si grande que…

— Morane ! dit Abdul. On joue au soccer, redonne-nous le ballon ! C'est pas le moment !

Ce n'était pas un ballon. C'était une **boule de feu** qui parcourait l'univers. Ils ne comprennent rien.

Chapitre 2

Des fois, je parle tellement que ça me met **dans le trouble**. Depuis le début de l'année scolaire, on n'a pas d'enseignante. On a juste des remplaçantes. Mais bizarrement, elles partent toutes l'une après l'autre, et chacune d'elles m'a dit « ce

n'est pas le moment ». La
dernière s'est même fâchée.

— Morane ! J'ai demandé de
lire sans parler !

— Mais... je ne parlais pas ! Je
chantais !

— C'est pas le moment !

Je lisais un livre de comptines, c'était normal que je chante, **non ?** Elle est partie et n'est plus revenue. Papa dit que ce n'est pas ma faute, mais Papa dit aussi que les asperges c'est bon, alors… est-ce que je peux me fier à lui ? Je ne pense pas.

Tandis que je m'emmitoufle dans mon lit pour la nuit, Papa et Papou viennent me border.

— Nous avons eu un message de la directrice ce soir, me dit Papa.

— Quoi? J'ai même pas dérangé en classe! Bon j'ai parlé un peu, mais à voix basse juste pour moi. Comme si je me racontais un **secret**. Je peux pas arrêter de me raconter des secrets. Vous n'allez pas me demander ça, c'est **trop cruel**!

— Calme-toi, me rassure
Papou. C'était pour nous dire
qu'ils ont enfin trouvé une
enseignante pour ta classe.

Une enseignante pour nous ?
Pour vrai ? Une vraie de vraie
qui va rester avec nous ?

— Est-ce que vous savez son
nom ? À quoi elle ressemble ?
Est-ce qu'elle est vieille ?
J'espère qu'elle ne pue pas.

C'est horrible une enseignante qui pue ! Est-ce qu'elle aime la musique ? Est-ce qu'elle est drôle ?

J'ai tant de questions, je ne pense pas que je serai capable de dormir. Mes pères rient devant mon excitation.

— Ce sont d'excellentes questions, dit Papou.

— Mais peut-être que tu n'es pas obligée de lui demander tout ça demain ? ajoute Papa.

— Je sais, je sais… ce ne sera pas le moment !

Mes pères me sourient. Ils me donnent chacun un **bec** sur le front.

— Fais des beaux rêves, ma belle, me dit Papa.

— À demain, ma libellule, ajoute Papou.

— Bonne nuit ! que je réponds à mes papas.

Ils éteignent la lumière et laissent la porte un peu ouverte. Une lueur provenant du salon entre dans ma chambre, mais ce n'est pas ça qui m'empêche de dormir. Mon cerveau fabrique déjà plein d'histoires à propos de ma nouvelle enseignante.

Chapitre 3

Assise sur ma chaise, dans la classe, je n'en peux plus d'attendre. Je me **tortille** à gauche, puis à droite. L'éducatrice du service de garde est avec nous en attendant que notre enseignante arrive.

Mes yeux sont fixés sur la porte et je retiens mon souffle. Puis tout à coup, je vois apparaître une ombre dans le corridor. Ses mouvements sont **gracieux**. On dirait un ange qui glisse au-dessus des nuages. Mon cœur palpite et mes yeux s'agrandissent. L'ombre se rapproche de plus en plus, lentement, jusqu'à ce que… la directrice apparaisse dans le cadre de porte.

Quelle déception !

Comment ça se fait que je n'ai pas reconnu les mouvements de madame Trudeau ? Elle est loin d'être un **ange gracieux**. Elle est plutôt un escargot au ralenti. **Ça, c'est lent !**

— Bonjour les élèves, vous allez bien?

Toute ma classe répond « oui » en chœur, sauf moi.

— Où est notre nouvelle enseignante? que je demande, un peu paniquée. Elle a changé d'idée? Elle est déménagée? Elle s'est peut-être perdue?

— Morane, intervient madame Trudeau, laisse-moi parler, s'il te plaît. Les élèves, je vous présente madame Dayani.

Sans que je m'en sois rendu compte, la nouvelle enseignante, madame Dayani, était entrée dans la classe. Tout de suite, j'ai **plein de choses** à dire.

— Madame Dayani! Tes vêtements sont trop beaux! Les

couleurs donnent envie d'aller en vacances. Est-ce que c'est là que tu habites ? En vacances ? Avec la mer et le sable ?

— Morane, me coupe la directrice, laisse madame Dayani arriver. Ce n'est pas le moment.

Je me rappelle ce que mes pères m'ont dit hier soir. Je ne suis pas obligée de tout demander d'un coup. Je me retiens **très fort** pour ne pas parler alors que j'aurais tant de choses à dire.

D'abord, sa couleur de peau est comme la mienne, brun foncé. Elle doit sûrement porter aussi un bonnet sur la tête pour dormir. Je me demande de quelle couleur il est. **Est-ce qu'elle chante ?** Parce que sa voix est douce. Est-ce qu'elle préfère les chats ou les chiens ?

Les chips ou le chocolat ?

Les livres ou la musique ?

Je réussis à me retenir de parler pendant… trente-cinq minutes ! **C'est énorme**, mais je ne peux pas tenir plus longtemps. Je dis tout d'un trait :

— Les berlingots de lait c'est le mardi et le vendredi. La fenêtre du fond ne se ferme pas comme il faut. L'aiguisoir au mur ne fonctionne plus. On fait les dictées en équipe et dans le deuxième tiroir de ton bureau, il y a des sachets de sucre pour mettre dans ton café.

Madame Dayani est **surprise** par la quantité de mots que

j'arrive à prononcer en quelques secondes.

— Merci… euh…

— Morane. Je m'appelle Morane.

— Merci Morane.

Les jours et les semaines qui ont suivi, je n'ai pas pu m'empêcher de parler à chaque idée que j'avais. J'étais si contente d'avoir une enseignante pour

nous que je lui disais tout, **tout
le temps**.

— J'ai éternué et le
spaghetti est sorti par mon
nez.

— Merci du partage Morane,
mais peux-tu retourner à ta
place pour terminer ton
exercice ?

Quand je l'apercevais dans le
corridor :

— Madame Dayani, il ne faut pas marcher sur les lignes du plancher, elles sont électriques…

— Morane, je suis avec un élève en ce moment.

Et ce matin, en classe, pendant la présentation orale d'Albert, aussitôt que j'ai ouvert ma bouche pour lui dire que son

chandail était **de la même couleur** que

l'affiche sur le mur derrière lui, madame Dayani m'a dit :

— Morane, tu viendras me voir lorsque la cloche va sonner. Il faut que je te parle.

J'ai figé. Je sais ce qu'elle va me dire : que je ne parle jamais au bon moment. Et après, elle va sûrement partir !

Chapitre 4

La cloche sonne. Alors que tous les autres sautent de leur chaise pour aller jouer dehors, moi, je reste assise à ma place. **Ça y est, c'est fini.** Madame Dayani va partir et, encore une fois, ce sera à cause de moi. Mes yeux s'emplissent d'eau.

Madame Dayani attend que tous les élèves soient sortis de la classe avant de m'appeler.

— Tu peux venir me voir, Morane.

Je me lève, à contrecœur.

J'imite la directrice en marchant

aussi lentement qu'un escargot.

Mais même si j'avance **à pas**

de tortue, je finis par arriver

au bureau de madame Dayani.

— Écoute, Morane, je vois que

tu parles souvent en classe et…

— … Ce n'est pas le moment,

lui dis-je, je sais tout ça, mais

s'il te plaît madame Dayani, ne t'en va pas à cause de moi.

Mon cœur bat **très vite** soudainement.

— Je te promets que je vais apprendre à me taire. Je pourrais mettre du papier collant sur ma bouche pour m'empêcher de parler. **Ça ne colle pas vraiment bien**, j'ai déjà essayé, mais…

— Morane…

— … je pourrais essayer avec le papier collant de Papou. Il est gris et super difficile à décoller.

— Morane…

— Une fois il avait enveloppé mon cadeau de fête avec ça et je me suis brisé un ongle en tirant dessus. Il a fallu prendre un couteau hyper coupant – ben lui, pas moi, j'étais trop petite –

pour l'ouvrir. En plus quand il l'a déchiré, le cadeau…

— Morane!

Madame Dayani a parlé un peu **fort**. Je me tais tout de suite. Elle me sourit gentiment.

— Ouf, il y en a des choses qui se passent là-dedans.

Elle pointe ma tête, **impressionnée**. Puis elle me demande:

— Pourquoi tu penses que je vais m'en aller ?

— Parce que je ne parle jamais au bon moment.

— C'est vrai que tu as beaucoup de choses à dire, mais en fait, ça m'a donné une idée. Est-ce que tu aimerais faire un spectacle ?

Mes yeux s'écarquillent. **Un quoi ?** Madame Dayani rit de mon expression surprise.

— Je pourrais organiser un vrai spectacle qu'on présenterait devant toute l'école et tu pourrais y faire un numéro.

Je n'en reviens pas ! **Un spectacle ? Moi ?** Devant mon air ébahi, madame Dayani ajoute :

— J'ai pensé que tu pourrais dire tout ce que tu as envie de raconter ! Chaque histoire qu'il y a dans ta tête pourrait enfin être entendue. Est-ce que ça te tente ?

Et d'un coup, comme ça, j'ai l'impression que le soleil est entré dans mon cœur, me réchauffant des orteils jusqu'à la pointe de mes cheveux. Un **immense sourire** se dessine sur mon visage.

— Oh oui !

Chapitre 5

Le spectacle commence d'une minute à l'autre. Mon cœur palpite. Si je ne me retenais pas, je hurlerais ma joie de toutes mes forces. En attendant que ça commence, je pratique mon numéro dans ma tête. Je le connais par cœur.

Au début, je vais commencer
en racontant l'histoire du canard
qui a couru après Papa. On était
en train de faire un pique-nique
près d'un étang et sur l'eau, il y
avait plein de canards. Papa a
décidé d'aller leur donner des
bouts de pain pour les nourrir.

Après une tranche de pain, les canards avaient **toujours faim**. Tout d'un coup, le plus gros est sorti de l'eau et il a foncé sur Papa. Il l'a pris pour une épicerie! Papa criait d'une voix aigüe en courant pour échapper au canard qui lui donnait des coups de bec sur les jambes. Et Papou essayait de chasser l'oiseau.

Ensuite, je vais parler de la fois où on est sortis de la maison et que le trottoir était **hyper** glacé. Aussitôt que Papou a mis le pied dessus, il a perdu l'équilibre, mais il n'est jamais tombé. Ses pieds sont allés dans tous les sens. On aurait dit qu'il dansait et se faisait électrocuter en même temps.

Puis je vais terminer avec l'histoire du pâté chinois que Papa avait cuisiné. Au lieu de mettre du ketchup sur les patates, il avait mis de la **sauce piquante**. Quand Papou a pris une bouchée, il s'est mis à tousser et ça a fait revoler des grains de maïs partout sur la table.

Ça y est! Le spectacle commence. Madame Dayani monte sur la scène.

— Merci tout le monde d'être là pour le spectacle. Vous allez vivre des moments extraordinaires ! Et sans plus tarder, nous allons commencer avec un numéro d'humour ! Une bonne main d'applaudissements pour Morane !

Sous les acclamations de la foule, je me dirige au centre de la scène. La musique d'ambiance bat au même rythme que mon cœur. Puis une lumière s'allume. Elle m'aveugle. La musique s'arrête et un silence s'installe.

J'ouvre la bouche pour parler, mais **aucun son ne sort**. Qu'est-ce qui se passe? Oh non! J'ai tout oublié. J'ai beau me forcer et fouiller dans le fond de ma tête, je ne me rappelle plus de rien.

Je suis **complètement figée** lorsque madame Dayani monte sur la scène. Elle s'accroupit devant moi et me demande :

— Qu'est-ce qui se passe Morane ?

— J'ai tout oublié.

— Pourtant, on a pratiqué plusieurs fois ensemble.

Je crois que je vais **pleurer**. Je m'apprête à partir, mais

madame Dayani me retient par
la main.

— Et si tu t'imaginais que tu
me parlais à moi. Juste à moi.

— Comme pendant les
récréations ?

— Exactement.

— Et les moments libres en classe ?

— Oui.

— Et quand je prends mes choses dans mon casier ?

Madame Dayani rit.

— Tout le temps, finalement.

Je ris aussi. C'est vrai que je parle tout le temps. Je regarde le public qui s'impatiente.

— Ils vont rire de moi.

Madame Dayani me fait un **sourire**.

— C'est un numéro d'humour, non ? Si les gens rient, c'est bon signe.

Ce n'est pas pareil faire rire de moi et rire **à cause** d'une histoire drôle que je raconte, mais je comprends ce qu'elle veut dire. Elle me fait un clin d'œil.

— Alors, dit-elle. On essaye ?

Je fais **oui** de la tête. Madame Dayani descend de la scène et se place tout près pour que je la vois comme il faut. Mes mains sont moites et je peine à respirer. Tous les regards sont sur moi. Je prends mon courage à deux mains et **j'ouvre la bouche** :

— Je m'appelle Morane.

Puis tout d'un coup je me souviens que tout le monde me connaît ici : c'est mon école.

— Je sais pas pourquoi je dis ça, vous savez je suis qui.

Un rire se fait entendre dans la salle. **J'aime la sensation.**

HA

HA

HA

HA

HA

HA

65

— C'est pas comme si j'avais changé de nom. Là, j'aurais pu le dire : «Salut, je m'appelle Pissenlit.»

Un autre rire dans la foule. Ça me donne beaucoup d'énergie.

— Pissenlit, quel nom bizarre. Si on le dit vite, on entend Pisse au lit !

Cette fois-ci, une **vague de rires** m'emporte avec elle. Il y a même quelques applaudissements.

Pendant plusieurs minutes, qui m'ont paru trop courtes, j'ai raconté tout ce qui me passait par la tête. Et chaque fois qu'un rire éclatait, je me sentais **comme une super-héroïne**. Et mon super-pouvoir était celui des mots.

Après ma performance, la salle s'est levée **d'un bond** pour m'applaudir à tout rompre. J'ai souri jusqu'à en avoir mal aux joues. Pour la première fois de ma vie, moi, Morane, j'ai parlé au bon moment. **Et c'était merveilleux !**

Chapitre 6

Trois mois ont passé depuis le spectacle. Madame Dayani a proposé que l'école organise une fois par mois des **mini représentations** sur l'heure du dîner. Dans le fond, tout le monde peut présenter des numéros de n'importe quelle discipline artistique.

Et le plus beau dans tout ça ? C'est moi qui les anime ! **Oui ! Oui !** Je commence en faisant un numéro d'humour et ensuite, je présente chaque numéro tout au long du spectacle.

Madame Dayani m'aide **beaucoup**. Une fois par semaine, elle me permet de

dîner avec elle dans la classe
pour que je puisse me pratiquer.
Je lui raconte des anecdotes ou
des histoires que j'ai inventées
et on les travaille ensemble
pour qu'elles
deviennent
plus drôles.

Elle est
vraiment
comique,

madame Dayani. Des fois, elle fait des grimaces qui me font éclater de rire instantanément. L'autre jour, j'ai **presque fait pipi** dans mes culottes quand elle a imité une pirate qui avait peur de l'eau.

Elle m'apprend à raconter mes idées en changeant ma voix ou en bougeant mon corps d'une certaine manière. Comme lorsque j'ai fait une grand-mère. J'ai penché mon dos et j'ai fait **semblant** de tenir une canne dans ma main.

Madame Dayani m'a aussi conseillé d'écrire toutes les idées que j'avais. J'ai donc commencé à noter dans un cahier les histoires qui viennent au monde dans ma tête. Ce cahier, je le traîne partout parce que je ne sais jamais quand je verrai ou entendrai quelque chose qui va m'inspirer une blague ! **Vaut mieux être prête.**

— On dirait une crotte de nez !

J'observe une roche par terre qui a de la mousse verte sur toute sa surface.

— Comme si un géant avait éternué et que sa crotte de nez avait atterri ici !

— Morane ! me dit la brigadière. On est en plein milieu de la rue. C'est pas le moment de parler !

— Oups.

Je continue mon chemin en faisant un grand sourire. En arrivant à l'école, je demanderai à madame Dayani si je peux inviter la brigadière au prochain spectacle. Question qu'elle sache que, **des fois, je parle au bon moment!**

Emilie Ouellette
AUTRICE

Quand elle était petite, Emilie Ouellette se faisait reprocher par ses enseignant.e.s qu'elle parlait tout le temps. Une fois adulte, ce trait de personnalité lui a bien servi puisqu'elle a obtenu son diplôme de l'École nationale de l'humour et qu'elle est devenue autrice et scénariste. Elle a publié deux séries jeunesse – *Fab* et *L'après…* – ainsi qu'un livre pour adultes intitulé *Ma tribu, le portrait corrosif, bienveillant et sans clichés d'une famille comme la vôtre*. Mis à part parler, Emilie aime les desserts, gagner aux jeux de société et faire (gentiment) honte aux gens qu'elle aime.